언제까지나
두근두근

세상에서 가장 로맨틱한 보통의 사랑 이야기

언제까지나 두근두근

글 · 그림 **남현지**

RHK
알에이치코리아

차례

프롤로그. 우리의 시작은 … 8

part 1

여친 번역기

01 전화해 … 40

02 면회소의 추억 … 41

03 앞을 잘 보고 걸어야지 … 44

04 살덕후 … 46

05 우리 여친이 달라졌어요 … 47

06 들킴 … 48

07 문득 … 49

08 비밀번호 … 50

09 고무 심쿵 … 52

10 엄마 아빠도 … 54

11 남자란 … 56

12 내 여자친구에게 … 58

13 단속 1 … 60

14 단속 2 … 61

15 수영장 1 … 62

16 수영장 2 … 63

17 와이셔츠 … 64

18 키큰 여자 … 65

19 여우 … 67

20 네가 힘들 땐 … 68

21 만약에 … 70

22 여자의 언어 1 … 72

23 여자의 언어 2 … 73

24 반사 신경 … 74

25 눈치 … 75

26 데자뷰 … 77

27 그런 일은 없어 … 79

28 선수 … 81

29 더위 … 83

30 조울증 … 84

31 순간의 감정으로 … 86

32 추위 … 88

현지의 취향

part 2

01 연하 … 92

02 연하남의 멘트 … 94

03 우울할 땐 … 96

04 짜증 낼 수가 없어 … 98

05 나는 사실 … 100

06 쓰다듬 … 104

07 강아지과 VS 고양이과 남자친구 … 106

08 콩깍지 … 108

09 스스로 … 110

10 비밀 … 111

11 비포 앤 애프터 : 여자 편 … 112

12 비포 앤 애프터 : 남자 편 … 113

13 부작용 … 114

14 사랑을 받으면 예뻐져요 … 116

15 화장 … 118

16 우울 … 120

17 예뻐 … 122

18 직업병 … 124

19 바보 … 126

20 그렇게 좋니 … 128

21 새벽 … 130

22 금손 … 133

23 규찌의 요리조리 … 134

24 이벤트 … 136

25 달다구리 … 138

26 괜찮아요? … 140

27 로맨틱 … 142

28 달이 떴네 … 143

29 규찌의 법칙 … 144

30 의무감 … 145

31 보고 싶어서 … 146

32 빚 … 147

33 소개팅 … 149

34 잔소리 … 151

35 내꺼 … 152

36 예쁜 날 … 153

37 강제종료 … 155

38 지하철 … 156

행복하자 우리 둘

01 어느 봄날 … 160

02 결혼하자 … 162

03 썸 … 164

04 연애상담 … 166

05 익숙함 … 168

06 사랑꾼 … 170

07 쏘옥 … 172

08 섹시 … 174

09 주머니 … 176

10 아까워 … 177

11 문화충격 … 178

12 이상해 … 179

13 전생에 … 180

14 두근두근 … 182

15 사랑받는다는 것 … 184

16 우주 … 186

17 텔레파시 … 187

18 아빠 … 188

19 공원에서 … 190

20 죄 … 192

21 박력 … 194

22 날 봐 … 196

23 보고 싶어 … 198

24 첫눈을 보는 방법 … 200

25 기도 … 202

26 나는 … 204

27 우리 사이에 비밀은 없어 … 206

28 너의 의미 … 208

29 함께 … 210

30 천생연분 … 212

31 사랑의 크기 … 214

32 대화 … 216

33 변했어 … 218

폭풍전야

part 4

01 굳력 … 222

02 고무신이란 … 223

03 첫손 … 224

04 첫인상 … 228

05 살 … 230

06 짧은 치마 … 231

07 사진 … 232

08 삼겹살 … 233

09 여친 찾아 삼만리 … 234

10 다이어트 선언 … 236

11 애완 돼지 … 237

12 만약에 … 238

13 위기 1 … 240

14 위기 2 … 241

15 오빠 … 242

16 애매 … 244

17 전역 선물 … 246

18 미래의 딸 … 247

19 전역 … 248

20 밥새 상 … 250

21 덩어리 … 251

22 흔한 부부 st … 252

23 고마워 … 254

24 연인탕 … 256

25 흠 … 258

26 그날 … 260

27 답장 찾아 삼만리 … 262

28 피곤 … 264

29 미워 … 265

30 누구야 … 266

31 믿음 … 267

특별편-군대편

part 5

01 ※군인취급주의 … 270

02 그 배가 아닙니다 … 272

03 군프리티 랩스타 … 273

04 미안해 … 274

05 상병의 느낌 … 275

06 전설의 신발을 찾아서 1 … 276

07 전설의 신발을 찾아서 2 … 278

* 독자들을 위한 커플 쿠폰 수록되어 있어요!

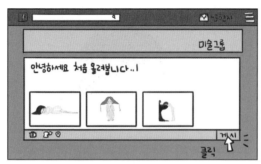

아톰머리

더벅슬 머리

헤어스타일이
전부
맘에
안 들어

27

내 인생에
이렇게
좋은 날이
또 올까..하고..

정말
드라마
같았거든요
규호랑
처음 만났던 날..

그러고나서
78일 후에..

군대
갔어요

part 1

여친 번역기

전화해

면회소의 추억

연애를 하다보면
자꾸 내 마음보다는
주변의 상황을
눈치 볼 때가 있다.

하지만 사랑은 타이밍이다.
앞으로 수없이 많은 시간이 있을 테지만,
지금 이 순간,
내 기분을 표현할 기회는
지금밖에 없으니까.

망설이지 말자, 사랑 앞에서는.

앞을 잘 보고 걸어야지

혼자였으면
분명 괴롭고 불쾌했을 일들도
너와 함께라면 그저
오늘 있었던 황당한 이야기처럼
웃어넘길 수 있을 것 같아.

혼자가 아니라
다행이야.

살덕후

커플 사전

러브 핸들 연인과 포옹했을 때 손이 닿는 위치에 있는 옆구리 살.

우리 여친이 달라졌어요

들킴

네 어깨에 기대고 있으면,
전해지는 그 향기가 좋아서
잠깐 눈을 감고 잠든 척 했어.

문득

쉴새 없이 깔깔거리며
유쾌한 시간을 보내다가도
문득 드는 생각,

보 고 싶 다

08

비밀번호

09

고무 심쿵

고무신과 군화는 서로 의지하며 버티기 때문에
둘 중 하나가 흔들리기 시작하면 와르르 무너진다.
그렇기 때문에 서로를 격려하고 다독여 가며 가는 것이다.

때로는 그런 잔잔한 위로의 말들에
더 심쿵하기도 한다.

커플 사전

고무 심쿵 고무신은 이럴 때 심쿵한다.

엄마 아빠도

엄마를 보면 여자는 나이가 들어도 여자다.

엄마 아빠가 되어서도
연인처럼 알콩달콩 살고 싶어.

남자란

좋아하는 사람 앞에서
진짜 나의 모습보다는 더 괜찮은 모습을
보여주고 싶은 것은 누구나 마찬가지이다.

누구나 마음속에
감추고 싶은 못난 모습을 한 가지쯤
가지고 있으니 말이다.

내 여자친구에게

(feat.규호가 보내는 편지)

나는 빙빙 돌려서 말하면
하나도 못 알아들어

섭섭한 게 있다면 바로 말해줘

네가 섭섭하다고 말해도
난 어디 안가니까

바로 고칠게. 노력할게

내가 나도 모르게 느슨해진다면

정신이 번쩍 들게 나사를 조여줘

나는 너를 정말 많이 사랑해

사랑하는 마음은 절대 변하지 않으니까

거정하지마

단속 1

단속 2

'노출 심한 옷 좀 입지마!'가 아닌
'너는 후드티에
청바지가 제일 예뻐'라고
말해줄 줄 아는 남자.

말하고자 하는 것은 같지만
다른 결과를 불러와요.

수영장 1

이번 여름 워터파크에서
해녀복 입은 사람을 만나신다면
그건 아마 저일듯…

수영장 2

여자 친구에게 '안 돼!'라고
말하고 싶을 때는
대신 뒷말을 따라하며
말꼬리를 살짝 올려보세요.

와이셔츠

키큰여자

연애에 정답은 없지만
정답에 가까운 현답은 있는 법.

여자친구에겐 무조건
'예쁘다'고 해주세요.

연애 초반 몸매에
콤플렉스가 있던 나에게
남자친구는 항상
너의 몸매와 키, 성격 모든 것이
자신의 이상형이라고 말해줬어요.

여우

네가 힘들 땐

네가 힘들더라도 나는
응원해 주고 곁에서 지켜보는 수밖에 없으니까…
네가 힘들 때 내 머릿속은,
무슨 말을 해야 네가 힘을 낼 수 있을까
온통 그 생각뿐이야.

그렇게 고르고 골라,
너에게 건넸어.

내 마음속에 있는
가장 예쁘고 고운 그 말.

사랑해!!!

만약에

평생 같이 있을 것 같다는
확신이 드는 순간이 있다.
눈을 마주칠 때마다 내 직감이 그렇게 말한다.

그리고 그런 순간
'만약에 내가 결혼하자고 하면 어떻게 할 거야?'
나도 모르게 입을 열게 되어버린다.

여자의 언어 1

여자들의 말에는
많은 앞말이 생략되어 있어요.
그 행간을 읽는 것이 중요해요.

23

여자의 언어 2

그래요,
저는 답정너입니다.

반사 신경

눈치

솔직함도 좋지만요,
남자친구도, 여자친구도,
당신에게 만큼은
좋은 이야기만 듣고 싶을 때가 있어요.

찌무룩...

데자뷰

77

가끔 너를 보고 있으면
아주 오래전 잊고 있었던 장면이 떠올라서,
가끔 빤히 쳐다보게 된다.

아주 살짝
눈물이 고일 듯 말 듯 하면서
왠지 기분이 좋아진다.

남자들은 원래 그런 건가 싶을 정도로
너는 참 누군가를 많이 닮았어.

그런 일은 없어

네가 그동안 손에 잡히는 것도 없이,
그저 스쳐 지나가는 만남만을 해왔다면
그것은 아마도,
우리가 만나기 위해서였나봐.

이런 걸 운명이라고 하는 거겠지?

선수

연애 초창기에는
손 한번 잡는 것도 힘들었다.

'오늘 네 마음은 어디쯤일까?'
'오늘은 손은 잡을 수 있을까?'

그래도 연애 초반의 장점은
이런 썸의 묘미.

사소한 일에도 날아갈 듯 기쁘고,
두근거릴 수 있다는 것.

더위

조울증

괜히 그런 날이 있다.
아무 이유 없이 짜증 나고
투정부리고 싶은, 그런 날.
보고 싶어서 찰랑찰랑 차오르는
그 마음을 나도 어쩌지 못하고
그대로 너에게 쏟아내 버렸어.

톡

순간의 감정으로

남자친구가 빡치게 할때는 → 남자친구가 다른 여자와 함께있는 상상을 해보자

그 여자와 알콩달콩… → 그 여자와 손도 잡고

그 여자랑 뽀뽀도 하고

그 여자와 결혼해서 행복하게 잘 사는..

만세!!!

. . . . .

███ 다 죽일거다

화가 난다면 당신은 아직 남자친구를 많이 사랑하는 것이랍니다

순간의 감정때문에

소중한 인연을 잃지마세요

미안해 기쁘게 하는건 고칠게

그래 나한테 잘해

87

추위

잡은 손에서 느껴지는 온기,
감기 걸릴지 모른다며 네가 호들갑 떨며
둘러준 목도리의 폭신한 감촉···

추운 겨울에도 이런 사랑만 있으면
따뜻할 것 같아.

part 2

현지의 취향

연하

10년을 만나도 그저 그런 사람이 있고
하루를 만나도 평생을 함께 하고 싶은 사람이 있다.

나이차도 그렇다.
나와 맞는 사람을 만났다는 기적,
그게 중요한 것이 아닐까.

우린 때때로 덜 중요한 것에 집중하는 것 같다.

02

연하남의 멘트

대체 이런 멘트는
어디에서 배워오는 건지...

94

여자들이 바라는 건 그렇게 어려운 게 아니다
진심이 느껴지는 한 마디,
때론 조금 유치하지만
사랑받고 있다고 느껴지는 말들
그것 뿐이다,

우울할 땐

우울하다고 짜증난다고
계속 축 쳐져 있을 수는 없잖아요.

힘든 건 알지만,
그 사람도 지쳐요.

때론 그 사람의 노력에
못 이긴 척 넘어가 주는 것은 어떨까요.

짜증 낼 수가 없어

한 성격하는 나인데,
왜인지 맘껏 짜증 낼 수가 없어.

어설프게 화를 내놓고도
금세 눈치를 보기 일쑤.

언젠가부터 화를 내면서도
네게 미움을 받는 것이
제일 무서워졌거든.

나는 사실

나는 사실...

성격이 나쁘다

낯선 사람을 극도로 싫어하고

밖을 돌아다니는 것도 싫어하고

아무리 친해도 선을 긋는다

그래서 다들

라고 꼭 한번씩 물어보는데

열번찍어 안넘어가는 나무는 없다

정말 좋아하는 사람이 있다면
용기를 내보시길..

쓰다듬

세상에서

가장

기분 좋은 손길

강아지과 VS 고양이과 남자친구

106

08

콩깍지

남들이 들으면 웃을지 모르겠지만…

어차피 콩깍지가 쓰이지 않으면
연애는 시작되지 않잖아요.

❤09

스스로

비밀

내 나이...

스읔

이제 곧
반오십..

귀여운 척이
힘들어진다

...

쿠엥_

비포 앤 애프터 : 여자 편

비포 앤 애프터 : 남자 편

부작용

같은 취미를 공유하는 것은
서로를 알아가는 좋은 방법 중 하나지만...

조금 위험할지도...

사랑을 받으면 예뻐져요

사랑을 받으면 예뻐진다는 그 말은
반은 맞고 반은 거짓말이다.

데이트에 나가기 전 수십 번 거울을 보고
입고 갈 옷을 전날 밤부터 고민한다.

사랑을 받으면 예뻐진다는 말속에는
사랑을 하는 여자의 노력이 담겨있다.

15

화장

인간관계에서 자신감을 위해 약간의 화장이 도움 되듯
연애에 있어서도 감정의 화장이 필요할 때가 있다.
약간 기분이 다운되어 있을 때도 감정의 화장을 거치면
기분이 좋은 것처럼 느껴지기도 한다.

하지만, 가끔 어쩔 수 없이
있는 그대로의 민낯을 보여줄 때도 있지만…

정말 사랑하는 사이라면 그것조차 이해해 줄 수 있지 않을까요?

우울

여자들의 뜬금없이 갑자기 우울한 시기

1. 갑자기 얼굴이 마음에 안 든다.
2. 거울에 비친 내 몸매가 마음에 안 든다.
3. 뭘 입어도 다 마음에 안 들고 안 어울린다.
4. 그냥 다 마음에 안 들고 짜증난다.
5. 짜증나고 우울한데 이유가 없어서 더 짜증난다.

예뻐

직업병

실생활 만화를 그리다보니
생활이 곧 소재가 되어버려서
가끔 가상과 현실에 경계가 희미해지는 경우가 있다.

남자친구는 내가 하는 일에 대해
소재가 되는 것도 마다 않으며
기꺼이 응원해 주는 편이지만
"네가 보고 싶어서 눈앞에 아른거려"라는 말에는
가끔 귀엽게 푸념한다.

"내 캐릭터가 아니라?"

바보

방금 전까지 했던 수없는 다짐들도,

네 앞에서는 없던 일이 되어버려.

그렇게 좋니

128

새벽

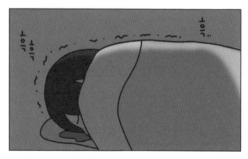

여자들의 생각이 많아지는 시간

'그런 말은 하지 말걸'
'그때 이렇게 말할 걸'

채 풀지 못한 억울한 일이 떠올라서
혹은 미안했던 일이 떠올라서
씩씩거리기도 했다가, 눈물 콧물 쏙 뺐다가
싱숭생숭한 마음에 잠 못 이루기도 하지만…

이런 시간들을 통해 조금씩 마음의 짐을 덜어내고 있는 게 아닐까.

♥22

금손

나도 내가 신기해.
그림 그리는 것 말고는
할 줄 아는 게 별로 없던 내가
네 말 한 마디에
뭐든지 뚝딱 만들어 내고 있어.

규찌의 요리조리

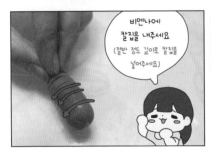

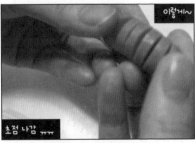

134

칼집을 이렇게 내주세요~

후라이팬에 기름을 두르고

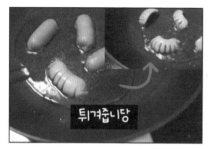

튀겨줍니당

얘도 튀김튀김

튀겨진 비엔나를
꽃모양으로 조립해봅시다

쨔잔~

파스타 면을 찔러넣어서 고정해주세요

완성!

이벤트

- 2014.10.18 현지가 규호에게

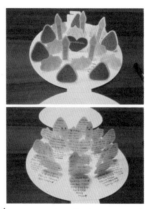

↙실제로 보냈던 초대형 케이크 편지

그 사람이 감동할 모습을 떠올리며
소소한 이벤트를 준비할 줄 아는 여자친구의 모습도 멋있어요.

달다구리

너무 달달하면 벌레가 꼬이는 법

행복이 찾아오면
그 다음에는 그 행복을 시기하는
벌레들이 꼬이기 마련이라고 한다.

그저, 소중히 간직해온 마음을
위로받고 응원받고 싶었을 뿐인데…,

그런 힘든 일들이 생겨도,
행복으로 가는 여러 과정들 중 하나일 뿐이라고.

'그렇게 우리 같이 이겨내자.'

괜찮아요?

저기, 괜찮아?
왜 목소리에 힘이 없어…

몸은 괜찮고?
오늘 하루는 괜찮았어? 별일 없었어?
오늘 날씨 괜찮았지?

나는 니가 있어서 괜찮아,
네가 내 옆에 있어서 정말 다행이야,

로맨틱

아무리 아이돌에 관심 없던 돌덩이 같은 남자도
군대에 가면 모르는 아이돌이 없어져요. ㅠㅠ

달이 떴네

이젠 말 안 해도
내가 무슨 생각하는지 알지?

규찌의 법칙

큰맘 먹고 놀러간 날은 항상 비
큰맘 먹고 찾아간 맛집은 정기휴무

의무감

그렇게 빤히 쳐다보니까
뭐라도 해야 할 것 같아서…

보고 싶어서

보고 싶어서 미치면 사람이
이렇게 될 수도 있구나의 극단적인 예

빛

아무것도 모르면서

겉으로 보이는 것만 믿고 미워하는
이 세상에서 단 한 사람만 내 편이면 숨 쉴 수 있을 것 같아.

돌을 던지고 손가락질하는 이 세상에서,
단 한 사람만 믿어준다면 살아갈 수 있을 것 같아.

누가 알겠어?
우리의 마음을.

소개팅

운명의 상대는
생각지 못한 타이밍에
생각지 못한 곳에서
저절로 찾아오는 거야.

네가 그랬듯이.

잔소리

* 애인의 잔소리
  = 당신을 사랑한다는 증거

내꺼

예쁜 날

와~
예쁘다

연예인같아

퇴근하고
뭐해?
남자친구 만나?

?!

집에 가요

약속없을 무

예쁜 날엔 니가 봤으면 좋겠는데..

반지작

반지작

어쩌다가 거울에 비친 내 모습이
유난히 예뻐 보이는 그런 날,
네가 곁에 있었다면 얼마나 좋을까,
나의 예쁜 모습을 가장 보여주고 싶은 사람은 너인데,
오늘 따라 네가 너무 보고 싶다.

강제종료

지하철

part 3

행복하자
우리 둘

어느 봄날

너를 만나고 나서부터
하루하루는 로맨스 영화야.

결혼하자

02

야, 나랑 결혼하자

나 요리도 진짜 잘하고

살림도 잘해

나 보기보다 애교도 많고

한 순간도 널 외롭게 하지도 않을거야

나가줄래?

책 읽어줄게

난 평생 너랑 사랑할 자신 있는데

너는 어때?

03

썸

그때를 떠올리면 불안하고 저릿하다.

너도… 날 좋아할까?
또다시 상처만 받고 끝나는 건 아닐까?
이게 다 혼자만의 착각이면 어쩌지?

도려내고 도려내도 어느새 마음 한 구석에
다시 자리 잡고 깊게 자라나는 불안.

연애 상담

♡ 05

익숙함

'오늘 조금 피곤한데?'
'그냥, 내일 연락할까?'

이런 생각이 들 때면
똑같이 힘들고 지친 하루였지만,
그 잠깐의 순간을 위해
하루 종일 참고 기다렸을
그 사람을 생각해 보세요.

사랑꾼

살면서 많은 격려와 위로를 받기도 했고,
때론 의지가 되는 사람을 만나기도 했지만,

단지 누군가의 목소리가
이렇게 큰 힘이 될 수 있었는지는
너를 만나기 전까지는 몰랐어.

쏘옥

이렇게라도 항상 네 곁에
있을 수 있으면 얼마나 좋을까?

주머니

아까워

사랑한다면
본능도 이겨낼 수 있어.

문화충격

이상해

이상해,

너랑 맛있게 먹었던 라면도
혼자 먹으면 맛이 없고,
너랑 재미있게 봤던 드라마도
혼자 보니까 재미가 없더라.

너랑 먹었을땐
진짜 맛있었는데...

전생에

인연이란 건 참 신기해.
사는 곳도, 취미도, 좋아하는 것도,
공통점이라고는 하나 없던 우리가
이렇게 만나 이만큼 사랑하게 될 줄
누가 알았겠어?

몇 년 전만 해도 이름도 얼굴도 모른 채
마주쳤어도 그저 스쳐 지나갔을 우리가 말이야.

두근두근

사람들은 말한다.
사랑에 있어 가슴이 빠르게 두근거리는 시기는 정해져 있다고.
그런 말들로 인해 내가 불안해할 때마다 네가 말해줬어.

시간이 흐를수록 더욱 깊게 두근거리는 법을 배우게 되었다고.
그건 처음보다 더 깊어진 사랑이라고.
가슴 뛰는 지금의 순간이 언제까지고 계속되기를.

사랑받는다는 것

16

우주

사랑은 때론 네가 하는 약간
허무맹랑한 이야기도
기꺼이 믿어주는 것이다.

텔레파시

말 하지 않아도 이 정도 쯤이야…

187

18

아빠

딸이 행복하다면 아빠는 다 괜찮아.

공원에서

만남의 기간이 길어지면
가끔 보여주고 싶지 않았던
모습을 보이게 될 때가 있다.

그런 모습까지 따뜻하게 감싸며,
웃어넘길 줄 아는 사람,
가식 없는 내 모습 그대로를
보여줄 수 있는,

그런 사랑이라면
앞으로도 계속
함께 할 수 있지 않을까?

♡20

죄

괜찮다고 했지만...

떨어져 있는 시간이 길어질수록,
가끔은 그토록 나를 기쁘고 설레게 했던
그 사랑하는 마음이
무겁게 느껴질 때가 있다.

그런 날은 웃고 있어도
왠지 눈물이 날 것 같다.

박력

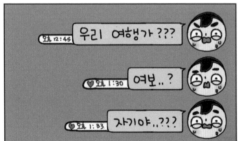

가끔은 아무런 계획 없이 무작정 떠나는 여행도 좋다.
무엇을 하는지, 어디를 가는지가 중요한 게 아니라,
어쩌면 누구와 함께인가가 더 중요하기 때문이다.

그와 함께 하는 시간은
그와 나만으로도 가득 차있을 테니까.

날 봐

언제 어디서든
깨어있든 자고 있든
내 쪽을 보고 있었으면 좋겠어.

잠깐만 안 보고 있어도
금방 보고 싶어지니까.

보고 싶어

보고 싶어,

그 말을 수십수백 번 해도 마음이 나아지지 않는다.
'보고 싶다'고 말하면 말할수록
아프게 차오르는 그 마음,

진짜, 보고 싶다.

첫눈을 보는 방법

잊고 지내고 있었다.
우리 둘이 한차례 싸우지도 않고
이렇게 오래 잘 만날 수 있었던 건

우리가 원래 성격이 잘 맞아서,
천생연분이라서가 아니라
서로 많은 노력을 했기 때문이란 걸.

기도

…

이대로 시간이 멈췄으면 하고
간절하게 빌어본 적이 있나요?

톡

26

나는

나는 네가 생각하는 그런 사람이 아니야.

처음엔 너에게 잘 보이고 싶어서
밝은 모습만 보이려 노력했지만,
그 안엔 네가 보아온 것과는 다른
매사에 예민하고 우울한 내가 있어.

내가 네가 아는 그런 사람이 아니더라도
계속 내 곁에 있어 줄 거야?

문득, 겁이 난다.

27

우리 사이에 비밀은 없어

우리 사이에 비밀은 없어.
좋은 일 뿐만 아니라 나쁜 일도 함께 해서
그래서 더 특별한 거야.

28

너의 의미

스쳐 지나가는 수많은 사람들이
내게 어떤 말을 던진다고 해도
나는 네 목소리만 들리고, 네 말만 들어.

함께

어떻게 살면서 좋은 일만 있겠어.

너에게 좋은 일이 있으면
두 배로 기쁠 수 있게 함께 축하해 주고
네게 힘든 일이 있을 땐
슬픔이 덜어질 수 있게 옆 자리를 든든하게 지켜줄게.

함께 한다는 건 그런 거잖아.

천생연분

나랑 잘 맞는 연인이란 건

사랑의 크기가 같은 사람인 것 같다

누군가는 내 사랑에 잠겨죽을 수 있고

누군가는 심한 갈증을 느낄수 있는데

사랑을 줄 수 있는, 받을 수 있는 크기가 같다면

너랑 나는 천생연분

31

사랑의 크기

사랑을 하다보면 어느 순간 중심축이
어느 한 사람에게로 쏠려있다는 것을 느끼게 된다.

그럴 때면
'내가 더 사랑하는 것은 아닐까?'
'그래도 그 사람이 나를 조금 더 좋아하는 것 같아'
하고 현재 상황에서 누가 좀 더
우리의 관계를 리드하고 있는지 가늠해 보게 된다.

하지만 연애가 아닌 사랑에 있어서 그건 전혀 다른 문제다.
진짜 사랑이란 정도를 가늠할 수 없는 것,
이 사랑을 표현할 단어를 쉽게 찾지 못해 입을 굳게 다물게 되는 것이다.

32

대화

216

나는 화가 나거나, 당황하면
말을 잘 하지 못하는 편이다.
그래서 기분 상하는 일로 싸우다가도,
이 말을 들으면 안심이 된다.

괜찮아, 기다릴 테니까
천천히 말해.

33

변했어

처음에는 이렇게 깊이 빠져버릴 줄도 모르고,
호기심에 겁도 없이 덜컥 뛰어들어 버렸어.

지금은 이렇게 발도 안 닿는
깊은 곳에서 허우적거리고 있지만,
그게 너라서 행복해.

part 4

폭풍전야

굴력

평소엔 지나치던 070 번호도
혹시나 너 일까봐 항상 받게 돼.

고무신이란

♡3

첫손

224

있잖아, 우리 처음 손잡았던 날 기억나?

잡을까 말까
고민하는 너를 보며
나도 함께 설렜어.

아직도 생각난다.
그때의 네 손, 네 눈빛, 네 목소리…

♡ 04

첫인상

첫인상이 그 사람의 인상을 좌우한다는데,
우리의 첫 만남은 어땠어?

네가 오랫동안 상상해 왔던
로맨스 영화 속 그런 모습이었어?
전기가 찌릿찌릿 하고,
이 사람이다, 하고
바로 느낌이 왔어?

살

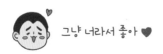

짧은 치마

사진

삽겹살

여친 찾아 삼만리

명절이 지나고 여자친구가 실종되었다

끝

235

다이어트 선언

애완 돼지

만약에

당신은 배가 고프면
예민해지는 성격이군요!

위기 1

위기 2

오빠

애매

남자 친구가 생각 없이 던진 한 마디에
여자들의 생각이 많아지는 순간

1. 볼살이 포동포동하니 귀엽다며 볼을 꼬집을 때
2. 힘줘서 꾸미고 왔는데 넌 수수한 모습이 참 예쁘다고 할 때
3. 먹는 것이 복스럽다며 1인분 더 시킬 때

17

전역선물

전역선물은
역시 딸이지 말입니다.

246

18

미래의 딸

전역

비 때문인지 너 때문이지
괜히 마음이 촉촉해 지던 날,

네가 돌아간 뒤
이 문을 열었을 때 네가 있었으면
걷다가 우연히 뒤에서 날 불러줬으면…
하고 얼마나 생각했는지 몰라.

빨리 와.

20

뱁새 상

흔치 않은 상의 소유자

덩어리

흔한 부부st

누가 뭐래든

1초라도 타협할 수 없는 게 여자야

23

고마워

글똥

같은 말이라도
항상 예쁘게 하는 그도

가끔은 빈틈을 보이는 법.

연인탕

흥

길거리의 커플들을 보면
자꾸 심술이 나는 건,

자꾸 네가 생각나고
네가 내 옆에 없다는 것을 떠올리게 해서야.

그날

유독 오늘 따라 예민해 보이는 남자친구에게 맞장구를 치며,
그보다 더 예민하게 굴었던 내 지난 모습들을 떠올렸다.

그리고 그 예민함과 짜증도 결국,
받아주는 사람이 있을 때 가능하다는 것을
새삼 깨닫는다.

그리고 남자들도 가끔 이유 없이 짜증도 내고,
예민하게 굴고 싶을 때가 있다는 것도.

답장 찾아 삼만리

남자친구가 답장을 안한다

피곤

미워

자꾸 남자친구와 싸우고
헤어지는 꿈을 꾸는 건,
당신이 정말 남자친구를
사랑하기 때문이에요.
꿈은 원래 반대라잖아요.

누구야

정말 신경 안쓴다고
생각하는 거야?

믿음

난 너랑 조금이라도 떨어져 있으면,
참 많이 보고 싶은데
나만 그런 거 아니지?

난 언제라도 네가 궁금하고,
아직도 참 네가 많이 좋은데,
나만 그런 거 아니지…?

part 5

특별편

- 군대편 -

※군인취급주의

군인들은 사소한 말 한 마디에도 서러워하지만,
작은 마음 씀씀이에도 크게 감동한다.

그 배가 아닙니다

군프리티 랩스타

미안해

상병의 느낌

군인 시절 중
가장 섹시하다는 상병

전설의 신발을 찾아서 1

전설의 신발을 찾아서 2

언제까지나
두근두근

1판 1쇄 발행 2016년 9월 23일
1판 5쇄 발행 2018년 3월 30일

지은이 남현지

발행인 양원석
본부장 김순미
편집장 최두은
책임편집 최경민
디자인 RHK 디자인연구소 현애정, 김미선
해외저작권 황지현
제작 문태일
영업마케팅 최창규, 김용환, 정주호, 양정길, 이은혜, 신우섭,
　　　　　유가형, 김보영, 이규진, 임도진, 김양석, 우정아

펴낸 곳 ㈜알에이치코리아
주소 서울시 금천구 가산디지털2로 53, 20층 (가산동, 한라시그마밸리)
편집문의 02-6443-8825　　**구입문의** 02-6443-8838
홈페이지 http://rhk.co.kr
등록 2004년 1월 15일 제2-3726호

ISBN 978-89-255-6005-2 (03810)

잔소리 1회 방어권

상대방의 잔소리를 1회 방어할 수 있다

사용기간 검은 머리 파뿌리 될 때까지

주문번호 ILoveYou4ranghea

교환처 줄 땐 마음대로지만 받을 땐 아니란다

어떤 소원이든 OK

상대방이 어떤 소원을 말해도 수락한다

사용기간 검은 머리 파뿌리 될 때까지

주문번호 ILoveYou4ranghea

교환처 줄 땐 마음대로지만 받을 땐 아니란다

거절은 거절한다

상대방의 거절을 거절할 수 있다

사용기간 검은 머리 파뿌리 될 때까지

주문번호 ILoveYou4ranghea

교환처 줄 땐 마음대로지만 받을 땐 아니란다

오다가 주웠다

상대방에게 깜짝 선물을 요구할 수 있다

사용기간 검은 머리 파뿌리 될 때까지

주문번호 ILoveYou4ranghea

교환처 줄 땐 마음대로지만 받을 땐 아니란다

자기는 살쪄도 예뻐

상대방이 다이어트 중일 때 먹일 수 있다

사용기간 검은 머리 파뿌리 될 때까지

주문번호 ILoveYou4ranghea

교환처 줄 땐 마음대로지만 받을 땐 아니란다

야식은 니가 사라

상대방에게 야식을 사줘야 한다

사용기간 검은 머리 파뿌리 될 때까지

주문번호 ILoveYou4ranghea

교환처 줄 땐 마음대로지만 받을 땐 아니란다

언제 어디서든 달려와줘

언제 어디서든 상대방에게 가야한다

사용기간 검은 머리 파뿌리 될 때까지

주문번호 ILoveYou4ranghea

교환처 줄 땐 마음대로지만 받을 땐 아니란다

너의 24시간은 내꺼야

너의 24시간은 내꺼야

사용기간 검은 머리 파뿌리 될 때까지

주문번호 ILoveYou4ranghea

교환처 줄 땐 마음대로지만 받을 땐 아니란다